لعلكم

تفلحون

لعلكم تفلحون	:	كتاب
قمر الخطيب	:	اسم المؤلف
كتاب ديني	:	نوع العمل
54 صفحة	:	عدد الصفحات
هبة إبراهيم	:	غلاف
سارة الببلاوي	:	تدقيق
مريم محمد سيد	:	إخراج فني
2023/25015	:	رقم إيداع
978-977-8983-46-3	:	ترقيم دولي I.S.B.N

نبض القمة للترجمة

جمهورية مصر العربية ـ القاهرة

مدير الدار: أ/ وليد عاطف حسني

موبايل: 01116058384

الميل: nabdalqima@gmail.com

لعلكم تفلحون

قمر الخطيب

إهداء

إلى الذين أنهكهم الضياع في متاهات الدنيا، وقلبهم يقول:

أين أنا؟

وإلى أين ذاهب؟

وأين المفر؟

بَوَاطِنَهُمْ هشة من شدة الانكسارات، ووجوههم ذابلة من كثرة الدموع، وأعينهم متعبة يكسوا أسفلها السواد... إليكم ما يحوي هذا الكتاب.

***

"وأما عني فَسَأَهِبُ ما خطته يُمناي...

إلى شقيقي عمر الذي أنعم الله عليه برضا والديه، ومحبة الناس إليه ودعائهم له في حياته، وحين أن ارتقاه الله، أن صار بجواره- ونحسبه عند الله شهيدا- مازالت أدعية الناس تحيطك في كل مكان؛ فسيرتُكَ الطيبة على كل لسان، وها هي تسعة أعوام انقضت على رحيلك، ولكن كأنك معنا الآن يا أخي العزيز...

هنيئًا لك بالجنة، وجمعنا الله وإياكَ مع الأنبياء والصديقين، والصالحين وحسن أولئك رفيقا.

قد أنعم الله على أخي أن جعله محبوبًا بين خلقه لما وجدو منه من إحسان، وعطاء وعبادة لله الواحد الأحد، قد نزل به من شدائد وابتلاءات ما كان ليصبر عليها أحد؛ ولكننا وجدناه صابرًا محتسبًا أمره عند الله، فلم يكن يوما يشكو؛ بل كان يلجأ لله سرًا في بَواطِن الليل؛ فيدعوه أن يمده بالصبر وألا يجزع أو يقنط، وفي النهار مساعدًا للناس، ولا يتحدث لسانه إلا بطيب الكلام.

ارتقى لله وهو ابن اثنين وعشرين ربيعًا، أبت الحرب إلا أن تجعل منه شهيدًا بين أروقتها، فرصاصةٍ واحدةٍ كانت كفيلة أن تُلقي بجسدهِ أرضًا بلا روح، فعانق الجسد التراب، وعادت الروح لخالقها مكرمة.

في التاسع والعشرين(٢٩) من أغسطس يوم مولده-وقد تصادف يوم الجمعة- قام بتجهيز خطبة كاملة سيلقيها على مسامع المصلين بهذا اليوم، وقد كانت بعنوان "الصبر" لمَّا كان الحديث عن الصبر بذلك الوقت من أعظم الأحاديث التي ستفيد السامعين، وهم في محنة عظيمة ولا يعلم حالهم وشكواهم إلا الله... وستجدون في هذا الكتاب قسم خاص عن الخطبة التي ألقاها أخي في ذلك اليوم بعنوان "الصبر" وقد أكرمني الله بفيض من الكلمات المضافة عليها؛ علها تكون سببًا في إثلاج قلوب كثيرة تكتوي بنيران الأحزان.

تُوفِي عمر في التاسع والعشرين(٢٩) من نوفمبر عام ألفين وأربعة عشر(٢٠١٤) أي بعد شهرين كاملين من ذاك اليوم.. اسأل الله له الرحمة والجنة ولجميع موتى المسلمين.

المقدمة

الحمدلله رب العالمين، خالق السموات السبع والأراضين، ومدبر أمور الخلائق أجمعين؛ وباعث جميع الرسل- صلوات الله عليهم- لكل الناس المكلفين، والصلاة والسلام على رسول الله محمد الذي أُرسِل رحمةً للعالمين، وعلى آله وصحبه أجمعين وسلم تسليما كثيرًا إلى يوم الدين.

أما بعد:

فإن من فقه في دينه، وتعلم أمور وأحكام الشريعة الإسلامية؛ ليصل إلى غاية الدراية والتدبر بأحكام الله؛ فما هو إلا خير عنوان للمؤمن الصالح، الواهب علمه وعمله لله وحده.

(۞ قُلْ هَلْ يَسْتَوِي الْأَعْمَىٰ وَالْبَصِيرُ أَمْ هَلْ تَسْتَوِي الظُّلُمَاتُ وَالنُّورُ ۗ)

الرعد (16)

عن ابن أبي نجيح، عن مجاهد: (قل هل يستوي الأعمى والبصير أم هل تستوي الظلمات والنور)

أما: (الأعمى والبصير) فالكافر والمؤمن، وأما: (الظلمات والنور) فالهدى والضلالة

فهل يستويان عند الله في الدنيا والآخرة؟

إنه لن يستوي عبد أغشاه الجهل، وأضله الهوى عن أن يبلغ مبتغاه الذي خُلِق من أجله، فتراه يتخبط تيهًا وضلالًا عن رؤية النور الذي استنار به عبد آخر استنارتْ بصيرته قبل بصره، ويعبد الله على هدى ونور منه، وفي قلبه الطمأنينة لكل ما يرسله الله له، والرضا بقدر الله وحكمته، ويعبد الله حق عبادته.

قوله تعالى:

{﴿قُلْ هَلْ يَسْتَوِي الَّذِينَ يَعْلَمُونَ وَالَّذِينَ لا يَعْلَمُونَ إِنَّما يَتَذَكَّرُ أُولُوا الْأَلْبابِ﴾}

عن جابر عن أبي جعفر «عليه السلام» في قوله عزوجل:

(هَلْ يَسْتَوِي الَّذِينَ يَعْلَمُونَ وَالَّذِينَ لا يَعْلَمُونَ إِنَّما يَتَذَكَّرُ أُولُوا الْأَلْبابِ) قال: نحن الّذين يعلمون وعَدُّونَا الّذين لا يعلمون وشيعتنا أولوا الألباب.

● أصول الكافي

لعلكم تفلحون

الفلاح هو: الفوز والنجاح، والبقاء في الخير والنعيم الدائم.

وقد خص الله المفلحون بأن لهم الجنة ونعيمها، وفي الدنيا لهم الصلاح والراحة والرضا والقناعة.

وقد خص الله المؤمنين بأسباب تؤدي بهم للفلاح، وقد ذُكِرَت في القرآن الكريم في مواضع عدة؛ لتميز أهل الفلاح عن غيرهم... فلهم مكانة عظيمة عند الله.

ومن أسباب الفلاح:

_الإيمان بالله العلي العظيم، والمداومة على الصلاة؛ فهي التي تهب لنا الراحة في الدنيا، وتكون سبباً لإنارة قبورنا بمشيئة الله.

"قَدْ أَفْلَحَ الْمُؤْمِنُونَ" "الَّذِينَ هُمْ فِي صَلَاتِهِمْ خَاشِعُونَ"

_تقوى الله والصبر على ابتلاءاته، والصبر على هجر معصيته، والصبر على طاعته ورضاه.

قال الله تعالى:

"يَا أَيُّهَا الَّذِينَ آمَنُوا اصْبِرُوا وَصَابِرُوا وَرَابِطُوا وَاتَّقُوا اللَّهَ لَعَلَّكُمْ تُفْلِحُونَ" سورة آل عمران.

قال الإمام ابن رجب رحمه الله :

"إنَّ الْمُؤمِن لَابُد أن يُفتن بِشَيء مِن الفِتن المُؤلِمَة الشَّاقَة عَلَيهِ لِيُمتحن إيمَان".

قال شيخ الإسلام ابن تيمية رحمه الله:

"أهل الإيمان إذا ابتلوا ثبتوا، بخلاف غيرهم، فإن الابتلاء قد يُذهب إيمانه أو يُنقصه"

_ ذكر الله كثيرًا وتسبيحه وحمده واستغفاره، والدوام على أذكاره ليلاً ونهارا.

﴿وَاذْكُرُوا اللهَ كَثِيرًا لَّعَلَّكُمْ تُفْلِحُونَ﴾

_ فعل الخيرات، وقد ذُكِرت آية قرآنية في سورة الحج عن أسباب أساسية؛ لنيل درجة الفلاح في الآخرة، وقبول العبد عند الله؛ ليكون بمكانة الصالحين في الدنيا:

قال تعالى:

﴿يَا أَيُّهَا الَّذِينَ آمَنُوا ارْكَعُوا وَاسْجُدُوا وَاعْبُدُوا رَبَّكُمْ وَافْعَلُوا الْخَيْرَ لَعَلَّكُمْ تُفْلِحُونَ﴾

﴿وَافْعَلُوا الْخَيْرَ لَعَلَّكُمْ تُفْلِحُونَ﴾

وفعل الخير يكون مع الناس جميعًا، برضا نفس، والنية والعزيمة على ذلك؛ لوجه الله تعالى، ولا ينتظر أن يُرَد له الخير؛ بل ينتظر الثواب من الله فقط؛ فإن وقع الخير في أهله فهم أهل للخير، وإن كان في غير أهله، فكان الخير لك في الدنيا والآخرة.

_ التوبة إلى الله بإخلاص وعزيمة على عدم فعل المنكرات، والتثبت بعمل الصالحين، والمضي قدمًا على نهج رسول الله وشريعته.

﴿وَتُوبُوا إِلَى اللهِ جَمِيعًا أَيُّهَ المُؤمِنُونَ لَعَلَّكُم تُفلِحُونَ﴾

وكان هذا تكليف من الله للمؤمنين للتوبة والهداية، والسير على طريق النور والتقوى.

_ شكر الله على نعمه التي لا تعد ولا تحصى، فقد سخر الله لعباده السماء والأرض، وما عليها من دواب، ومأكل ومشرب

وجبال، وسخر له الإيمان في قلبه وبواطنه؛ فما كان للعبد إلا أن يكون شاكرًا لنعمه، وذاكرًا لها، وحامدًا عليها، وصابرًا على فقدان أحدها.

﴿فَاذْكُرُوا آلَاءَ الله لَعَلَّكُمْ تُفْلِحُونَ﴾

ـ الابتعاد عن المحرمات ولا نتعدى حدود الله التي أقامها، ونعمل العمل الصالح الذي يقربنا منه، ونجاهد النفس التي تحثنا على المعاصي؛ فإن جهاد النفس هو من أعظم أنواع الجهاد

﴿يَا أَيُّهَا الَّذِينَ آمَنُوا اتَّقُوا اللَّهَ وَابْتَغُوا إِلَيْهِ الْوَسِيلَةَ وَجَاهِدُوا فِي سَبِيلِهِ لَعَلَّكُمْ تُفْلِحُونَ﴾

﴿يَا أَيُّهَا الَّذِينَ آمَنُوا إِنَّمَا الْخَمْرُ وَالْمَيْسِرُ وَالْأَنصَابُ وَالْأَزْلَامُ رِجْسٌ مِّنْ عَمَلِ الشَّيْطَانِ فَاجْتَنِبُوهُ لَعَلَّكُمْ تُفْلِحُونَ﴾

وقد قال أهل العلم: إنَّ أعمالَ البِرِّ لا تُفتح كلُّها للإنسان الواحدِ في الغالب، إنْ فُتِح له في شيء منها لم يكن له في غيرها، وقد يُفتَح لقليلٍ من الناس أبوابٌ متعدِّدة.

فاللهم اجعلنا من أهل الفلاح والصلاح في الدنيا والآخرة.

محبة الله

احفظ الله يحفظك، احفظ الله تجده تجاهك معك دومًا في السراء، يعطيك وهو المانع والمعطي، وما أحب إليه إلا أن يرى العبد مهرولًا إليه، مسلمًا أمره بين يديه، مستسلمًا لأوامره ومنتهيًا عن نواهيه، طائعًا لعبوديته، مؤمنًا بربوبيته وتوحيده، وليس لنا إله سواه يرشد مسيرنا نحو الضياء والحب، وما أعظم الحب حينما يكون الحبيب ربًا ليس كمثله شيء في الأرض ولا في السماء! وأيُّ وله(حب) يكون إلا لذي قدر عظيم وقدوس وسلام... وجدك الله حيثما أمرك مُحتاجًا إليه وحده، متيقنًا أنه لا قوة في الأرض ولا في الكون تنجدك سوى ذو القوة وذو العرش المجيد، من ذا الذي يعطيك إذا ما المانع منعك؟ من ذا الذي يمنعك اذا كان المعطي سيعطيك؟ وأي إرادة ستفوق إرادة الله؟ وما منع عنك الا لحكمة، وما أعطاك إلا لقضاء. والمنع ظاهره عذاب، وباطنه رحمة، والعطاء يكون شقاء في الدنيا في بعض الأوقات، وليس لنا في الغيب من علم، والعلم والغيب كلاهما بيد العليم الحكيم.

ليس علينا الانتظار؛ بل نسارع إلى فعل الخيرات، ونستبق إلى الطاعات؛ فكل ثانية تذهب لن تعود، وما على أكتافنا من رقيب وعتيد أنْهِكُوا من تسجيل أخطائنا وسيئاتنا، والقليل من الحسنات لا تكفي لسد رمق جوعنا وظمأنا في الآخرة؛ حينما لا يبقى لنا من شاهد ولا من شفيع ينقذنا، فالرحمة الرحمة يا رحيم...

انظروا لهذا الآية وابصروا لها جيداً.

بسم الله الرحمن الرحيم

قال الله عز وجل (وَمَا يُؤْمِنُ أَكْثَرُهُم بِاللَّهِ إِلا وَهُم مُشْرِكُونَ)

هذا الآية كفيلة بمراجعة إيمانكم بالله- عزوجل- لم يذكرها الله عبثًا.

الكثير مؤمن لكنه للأسف جعل مع الله ما دون الله، أو جعل هواه هو المتصرف.

فالله عزوجل العلي الصمد الذي لم يكن له كفوًا أحد.

لا يوجد أحد كفوًا لله عزوجل كان من كان، وما نحن إلا عباد الله نطيعه فيما أمرنا،

وأمرنا بتوحيده وعدم الإشراك به، فانظروا في إيمانكم وبما تشركون مع الله.

لا ورب العباد ليس الله بظلام للعبيد.

قال الله عز وجل ﴿فَهَلْ يَنْتَظِرُونَ إِلَّا مِثْلَ أَيَّامِ الَّذِينَ خَلَوْا مِنْ قَبْلِهِمْ ۚ قُلْ فَانْتَظِرُوا إِنِّي مَعَكُمْ مِنَ الْمُنْتَظِرِينَ ﴿102﴾ ثُمَّ نُنَجِّي رُسُلَنَا وَالَّذِينَ آمَنُوا ۚ كَذَٰلِكَ حَقًّا عَلَيْنَا نُنْجِ الْمُؤْمِنِينَ ﴿103﴾ قُلْ يَا أَيُّهَا النَّاسُ إِنْ كُنْتُمْ فِي شَكٍّ مِنْ دِينِي فَلَا أَعْبُدُ الَّذِينَ تَعْبُدُونَ مِنْ دُونِ اللَّهِ وَلَٰكِنْ أَعْبُدُ اللَّهَ الَّذِي يَتَوَفَّاكُمْ ۖ وَأُمِرْتُ أَنْ أَكُونَ مِنَ الْمُؤْمِنِينَ ﴿104﴾ وَأَنْ أَقِمْ وَجْهَكَ لِلدِّينِ حَنِيفًا وَلَا تَكُونَنَّ مِنَ الْمُشْرِكِينَ ﴿105﴾ وَلَا تَدْعُ مِنْ دُونِ اللَّهِ مَا لَا يَنْفَعُكَ وَلَا يَضُرُّكَ ۖ فَإِنْ فَعَلْتَ فَإِنَّكَ إِذًا مِنَ الظَّالِمِينَ ﴿106﴾ وَإِنْ يَمْسَسْكَ اللَّهُ بِضُرٍّ فَلَا كَاشِفَ لَهُ إِلَّا هُوَ ۖ وَإِنْ يُرِدْكَ بِخَيْرٍ فَلَا رَادَّ لِفَضْلِهِ ۚ يُصِيبُ بِهِ مَنْ يَشَاءُ مِنْ عِبَادِهِ ۚ وَهُوَ الْغَفُورُ الرَّحِيمُ ﴿107﴾ قُلْ يَا أَيُّهَا النَّاسُ قَدْ جَاءَكُمُ الْحَقُّ مِنْ رَبِّكُمْ ۖ فَمَنِ اهْتَدَىٰ فَإِنَّمَا يَهْتَدِي لِنَفْسِهِ ۖ وَمَنْ ضَلَّ فَإِنَّمَا يَضِلُّ عَلَيْهَا ۖ وَمَا أَنَا عَلَيْكُمْ بِوَكِيلٍ ﴿108﴾ وَاتَّبِعْ مَا يُوحَىٰ إِلَيْكَ وَاصْبِرْ حَتَّىٰ يَحْكُمَ اللَّهُ ۚ وَهُوَ خَيْرُ الْحَاكِمِينَ ﴿109﴾

"ولا تدع من دون الله ما لا ينفعك ولا يضرك"

أين نحن من هذه الآية حينما نقصد أبواب الخلق؟ ونلجأ لهم وننسى أن أبواب الله مفتوحة، وليس بيننا وبينه حجاب، كم ظلمنا أنفسنا ونحن نطلب بِرجاءٍ من عبيدٍ مثلنا خُلِقوا من طين، ولا نطلب من الخالق العظيم.

أذكر ذات مرة أنني التقيت إحداهن، وقد كان بلاء ما دنيويًا قد أصابها؛ فأعمى بصيرتها عن الحقائق الوجودية، فقامت باللجوء لبني آدم حتى ينجدوها، تطرقُ باب أحدهم فتراه موصدًا أمامها، وتذهب لآخر فتراه غير مكترث لدموعها، تهرول لثالث فيزجرها ويطردها من دون أن يعلم شكواها.

وقفت متأملةً لحالها، يكسوها ثوب الذل والمهانة، وتتجرع من دموعها ما يسد رمق بؤسها وشكواها.

قلت لها بلكنة مطمئنة، ومذكرة إياها؛ علها تستفيق من غفلتها تلك:

أين أنتِ من الله يا فلانة؟

نظرت لي وقد طوقها حبل من إشارات الاستفهام حول سؤالي ذاك؟! واستعجبت قائلة:

أصلي وأصوم فرائضي، ولم أرَنِي يوماً قد تناسيت قاصدة عن أدائهم، ألا يكفي؟!

قلت لها:

وأين حب الله في قلبك؟

تملكها التعجب أكثر وزادت بسؤال فوق سؤالي بما أقصده أنا!

أكملت حديثي قائلة:

تطرقين باب الخلائق ولم تدركي أن لله أبوابًا واسعة لا يوصدها بوجه عبد قد لجأ له.

يحبكِ الله حينما يجعلكِ تستشعرين عباداته بأداء فروضه كاملة، وتحبي الله حينما تركضين إليه لا لعبيده، تستغيثي بمناجاته ليلا في القيام والتهجد، تسترسلين بطلباتكِ كلها وهو أعلم بحالك دون الخلق أجمعين، تهطل دموعك أسفًا وتوبة من عصيانه، وتستغفرين لذنوبك؛ لتعودي كما السماء الصافية التي لا تشوبها شائبة، تتحولين بتلك اللحظات لطفلٍ صغير يبكي ويطلب من والدته؛ لتلبية طلبه، والله أعظم من ذاك التشبيه ولله المثل الأعلى، تتمسكي بحباله التي لا تنقطع وصالها إلا عن المنافقين والمشركين، تلجئين إليه بضعفكِ فيريكِ قوته ورحمته وغفرانه.

«اللَّهُمَّ إِلَيْكَ أَشْكُو ضَعْفَ قُوَّتِي، وَقِلَّةَ حِيلَتِي، وَهَوَانِي عَلَى النَّاسِ، يَا أَرْحَمَ الرَّاحِمِينَ، أَنْتَ رَبُّ الْمُسْتَضْعَفِينَ، وَأَنْتَ رَبِّي، إِلَى مَنْ تَكِلْنِي؟ إِلَى بَعِيدٍ يَتَجَهَّمُنِي؟ أَوْ إِلَى عَدُوٍّ مَلَّكْتَهُ أَمْرِي؟ إِنْ لَمْ يَكُنْ بِكَ عَلَيَّ غَضَبٌ فَلَا أُبَالِي، وَلَكِنَّ عَافِيَتَكَ هِيَ أَوْسَعُ لِي، أَعُوذُ بِنُورِ وَجْهِكَ الَّذِي أَشْرَقَتْ لَهُ الظُّلُمَاتِ، وَصَلَحَ عَلَيْهِ أَمْرُ الدُّنْيَا وَالْآخِرَةِ، مِنْ أَنْ يَنْزِلَ بِي غَضَبُكَ، أَوْ يَحِلَّ عَلَيَّ سَخَطِكَ، لَكَ الْعُتْبَى حَتَّى تَرْضَى، لَا حَوْلَ وَلَا قُوَّةَ إِلَّا بِكَ».

كان هذا دعاء النبي -صلى الله عليه وسلم- عند انتقاله للطائف بعد وفاة عمه أبو طالب، وقد لقي من أهل الطائف العذاب والتنكيل والصحابي" زيد بن حارثة" الذي صد عنه بعض الأذى ولكن النبي حينها تأذت قدماه، وأصيب في رأسه حتى نزف من الدماء.

لمن يشكو النبي -صلى الله عليه وسلّم- إلّا لله الواحد الأحد؟ وقد علّمنا -صلى الله عليه وسلم- أن العبد مهما علا شأنه، يلجأ إلى ربه في وقت ضعفه وضيقه، شاكياً عجزه وقلّة حيلته، فلا شكوى لأحد غير الله. وحينما هان على الناس، وليس له قوة إلا بالله؛ فاستعان بالله الواحد القهار الذي لا شريك له، ورجا الله بأسمائه الحسنى أن تشمله رحمة الله التي وسعت كل شيء، فاستغاثه ووكل له أمره في

ضعفه، وسأله اليسر والقوة، فلا قوة الا بالله، وليس لنا سواه وهو خير نصير للضعفاء والمهزومين.

تركت تلك المرأة مغشيًا عليها من الدموع الخائبة التائهة بين العبرات، وحال بيننا الزمن، لم يكن أيامًا ولا أسابيع بل ربما عدة شهور وأكثر؛ قد جمعتنا المصادفة في أحد الأمكنة، فوجدتها مستبشرة ووجهها تكسوه الضحكات وفي عيونها الراحة والاطمئنان، سألتها عن حالها ليس فضولًا بل تحريًا عن حال أخت في الإسلام وهذا واجب علينا، فقالت:

منذ فارقتك لم يفارقني الدعاء، واظبت عليه في ليال لم أعدها خوفًا من أن تزول بركتها عليَّ، وإذا بحالي قد تغير، وجاءتني البشرى على غفلة من أمري بحول الله وقوته...

"أحببت الله فدلني على الطريق المستقيم"

"أحبني الله أن جعلني صابرة لقضائه ومستبشرة بنعماته علي"

"حينما أُغلقت أبواب الدنيا ولم يبقَ لي أحد؛ أيقنت أن باب الله لا يُغلق لعبد تائبٍ أواب، حينها قررت أن ليس لي، وليس معي، وليس فيّ سوى الأحد الرحمن".

العلم

◄ (الرَّحْمَنُ * عَلَّمَ الْقُرْآنَ * خَلَقَ الإِنْسَانَ * عَلَّمَهُ الْبَيَانَ)

حصر الله تعالى خَلْق الإنسان بين علمين وكأن الإنسان من دونهما ما كان لِيُخلق:

علم إلهي (علم القرآن)

وعلم بشري (علم البيان)

ولن نتعلم نعمة البيان إلا بعد تعلم القرآن؛ إذ هو

منبع كل بيان؛ فكل كلام قبل تعلم القرآن قليل البيان؛ وإن زخرفه صاحبها بزخارف الدنيا.

قال الشيخ ابن عثيمين رحمه:

"وبدأ الله تعالى بتعليم القرآن قبل خلق الإنسان إشارة إلى أن نعمة الله علينا بتعليم القرآن أشد وأبلغ من نعمته بخلق الإنسان، وإلا من المعلوم أن خلق الإنسان سابقٌ على تعليم القرآن، لكن لما كان تعليم القرآن أعظمَ مِنَّةٍ من الله عز وجل على العبد قدمه على خلقه"

من رحمة الله- تعالى- على العبد أن أنزل عليه القرآن، وأمره أن يتبع آياته، فيبتعد عن نواهيه، ويتقدم ويستبق في خيراته، وما نحن بهذه الدنيا إلا لنسير في طريق يرغبه الله، فهذا الطريق هو الذي يحدد لنا مكاننا من الجنة، ودرجاتنا فيها وعلو منزلتنا بكرم الرحمن علينا.

اسم الله الرحمن أوسع وأشمل من اسم الله الرحيم؛ رغم أنهما مشتقان من فعل الرحمة، ولكن الرحمن هي لجميع مخلوقاته في

هذا الكون باختلاف مسمياتهم: بشراً كانوا أم جن، أم حيوانات؛ فالرحمة في الرحمن شاملة؛ أما الرحيم فهي لعباده المختصين المؤمنين، فالله يرحم كل العباد ولو كانوا من غير دين الإسلام، إن مرضوا يشفيهم، يوسع رزقهم، ويعطيهم ويكفيهم، وكل ذلك بقدر قد كتب قبل خلق الخليقة بخمسين ألف عام؛ أما الرحيم فهو بالمؤمنين العاكفين الواقفين على أعتابه، يرحمهم في الدنيا بأن يقربهم إليه بكثرة ابتلاءاتهم، ويمنحهم الصبر؛ ليمضوا حتى يجزيهم جزاء ما صبروا جنات ونعيم في الآخرة، لا تنتهي ولا تزول.

قال أبو حيان الأندلسي رحمه الله:

"ولما عدّد نعمه تعالى، بدأ مِن نِعَمه بما هو أعلى رتبها، وهو تعليم القرآن، إذ هو عماد الدين ونجاة من استمسك به".

إن الله علّم الإنسان ما الذي يحتاج إليه من أمور دينه ودنياه؟

كأن يبين له الحلال والحرام، والمعايش، والمنطق، وغير ذلك مما به الحاجة إليه؛ لأن الله جلّ ثناؤه لم يخصص بخبره ذلك، أنه علَّمه من البيان بعضا دون بعض؛ بل عمم فقال: علَّمه البيان، فهو كما عمم عز وجل.

وقد علمه كيف ينطق القرآن بمخارج حروفه جميعها؟ دون أن يكون صعوبة له في شيء، وعلمه في القرآن كيف يعبد الله؟ ويسير على نهج رسوله، ويكتفي بحلاله، ويأمر بالمعروف، وينهي عن المنكر، ويبتعد عن حرامه؛ كي ينال جنته ورضوانه.

"وَعَدَ اللَّهُ الْمُؤْمِنِينَ وَالْمُؤْمِنَاتِ جَنَّاتٍ تَجْرِي مِن تَحْتِهَا الْأَنْهَارُ خَالِدِينَ فِيهَا وَمَسَاكِنَ طَيِّبَةً فِي جَنَّاتِ عَدْنٍ ۚ وَرِضْوَانٌ مِّنَ اللَّهِ أَكْبَرُ ۚ ذَٰلِكَ هُوَ الْفَوْزُ الْعَظِيمُ" (72) سورة التوبة

يجب على المؤمن أن يجعل شوقه الأكبر لما عند الله ـ تعالى ـ من نعيم خالد، وسعادة أبدية وليسأل نفسه: هل أنا أشتاق إلى الجنة؟

ولماذا أشتاق إليها؟

فإذا ما كانت الإجابة نعم، أشتاق إلى الجنة؛ فليفكر فيما يجعله يشتاق إليها، وليعش بوجدانه وقلبه مع نعيمها، وكيف تفتح الأبواب لمن يدخلها؟ وكيف يدخلها بسلام وهو آمن غير مكدر ولا مهموم ولا وجل؟

ونعيم الجنة صنعه الله تعالى بيده: ما لا عين رأت ولا أذن سمعت، ولا خطر على بال بشر.

وما وجدت أجمل مما قرأته في مقال للدكتور "بدر عبد الحميد هميسه" بعنوان "هيا نشتاق للجنة" حيث جمع ما ذكره ابن القيم الجوزية ـ رحمه الله ـ في وصف نعيم الجنة من أحاديث الصحابة، والتابعين، منقولين عن: سيد الكونين والثقلين سيدنا محمد؛ حيث ذكر في كتابه حادي الأرواح إلى بلاد الأفراح:

"وكيف يقدر قدر دار غرسها الله بيده وجعلها مقرًا لأحبابه، وملأها من رحمته وكرامته ورضوانه، ووصف نعيمها بالفوز العظيم، وملكها بالملك الكبير، وأودعها جميع الخير بحذافيره، وطهرها من كل عيب وآفة ونقص. فإن سألت: عن أرضها وتربتها، فهي المسك والزعفران. وإن سألت: عن سقفها، فهو عرش الرحمن. وإن سألت: عن ملاطها، فهو المسك الأذفر. وإن سألت: عن حصبائها، فهو اللؤلؤ والجوهر. وإن سألت: عن بنائها، فلبنة من فضة ولبنة من ذهب، لا من الحطب والخشب. وإن سألت: عن أشجارها، فما فيها شجرة إلا وساقها من ذهب، وإن سألت: عن ثمرها، فأمثال القلال، ألين من الزبد وأحلى من العسل، وإن سألت: عن ورقها، فأحسن ما يكون من رقائق الحلل، وإن سألت: عن

أنهارها، فأنهارها من لبن لم يتغير طعمه، وأنهار من خمر لذة للشاربين.

وأنهار من عسل مصفى، وإن سألت: عن طعامهم، ففاكهة مما يتخيرون، ولحم طير مما يشتهون، وإن سألت: عن شرابهم، فالتسنيم والزنجبيل والكافور. وإن سألت: عن آنيتهم، فآنية الذهب والفضة في صفاء القوارير، وإن سألت: عن سعت أبوابها، فبين المصراعين مسيرة أربعين من الأعوام، وليأتينّ عليه يوم وهو كظيظ من الزحام، وإن سألت: عن تصفيق الرياح لأشجارها، فإنها تستفز بالطرب من يسمعها، وإن سألت: عن ظلها ففيها شجرة واحدة يسير الراكب المجد السريع في ظلها مئة عام لا يقطعها، وإن سألت: عن خيامها وقبابها، فالخيمة من درة مجوفة طولها ستون ميلاً من تلك الخيام، وإن سألت: عن علاليها وجواسقها فهي غرف من فوقها غرف مبنية، تجري من تحتها الأنهار، وإن سألت: عن ارتفاعها، فانظر إلى الكوكب الطالع، أو الغارب في الأفق الذي لا تكاد تناله الأبصار. وإن سألت: عن لباس أهلها، فهو الحرير والذهب، وإن سألت: عن فرشها، فبطائنها من استبرق مفروشة في أعلى الرتب، وإن سألت: عن أرائكها، فهي الأسرة عليها البشخانات، وهي الحجال مزررة بأزرار الذهب، فما لها من فروج ولا خلال، وإن سألت: عن أسنانهم، فأبناء ثلاثة وثلاثين، على صورة آدم عليه السلام، أبي البشر، وإن سألت: عن وجوه أهلها وحسنهم، فعلى صورة القمر، وإن سألت: عن سماعهم، فغناء أزواجهم من الحور العين، وأعلى منه سماع أصوات الملائكة والنبيين، وأعلى منهما سماع خطاب رب العالمين، وإن سألت: عن مطاياهم التي يتزاورون عليها، فنجائب أنشأها الله مما شاء، تسير بهم حيث شاؤوا من الجنان. وإن سألت: عن حليهم وشارتهم، فأساور الذهب واللؤلؤ على الرؤوس ملابس التيجان، وإن سألت: عن غلمانهم، فولدان مخلدون، كأنهم لؤلؤ مكنون، وإن سألت: وإن

سألت عن عرائسهم وأزواجهم، فهن الكواعب الأتراب، اللائي جرى في أعضائهن ماء الشباب، فللورد والتفاح ما لبسته الخدود، وللرمان ما تضمنته النهود، وللؤلؤ المنظوم ما حوته الثغور، وللدقة واللطافة ما دارت عليه الخصور، تجري الشمس في محاسن وجهها إذا برزت، ويضيء البرق من بين ثناياها إذا تبسمت، وإذا قابلت حبها فقل ما شئت في تقابل النيرين، وإذا حادثته فما ظنك في محادثة الحبيبين، وإن ضمها إليه فما ظنك بتعانق الغصنين، يرى وجهه في صحن خدها، كما يرى في المرآة التي جلاها صيقلها (الصيقل: جلاء السيوف، والمقصود هنا تشبيه وجه الحوراء بالمرآة التي جلاها ولمعها منظفها حتى بدت أنظف وأجلى ما يكون)، ويرى مخ ساقها من وراء اللحم، ولا يستره جلدها ولا عظمها ولا حللها، لو أطلت على الدنيا لملأت ما بين الأرض والسماء ريحاً، لاستنطقت أفواه الخلائق تهليلا وتكبيراً و تسبيحاً، ولتزخرف لها ما بين الخافقين، ولأغمضت عن غيرها كل عين،

ولطمست ضوء الشمس كما تطمس الشمس ضوء النجوم، ولآمن كل من رآها على وجه الأرض بالله الحي القيوم، ونصيفها (الخمار) على رأسها خير من الدنيا وما فيها، ووصاله أشهى إليها من جميع أمانيها، لا تزداد على تطاول الأحقاب إلا حسناً وجمالاً، ولا يزداد على طول المدى إلا محبةً ووصالاً، مبرأة من الحبل (الحمل) والولادة والحيض والنفاس، مطهرة من المخاط والبصاق والبول والغائط وسائر الأدناس. لا يفنى شبابها ولا تبلى ثيابها، ولا يخلق ثوب جمالها، ولا يمل طيب وصالها، قد قصرت طرفها على زوجها، فلا تطمح لأحد سواه، وقصرت طرفه عليها فهي غاية أمنيته وهواه، إن نظر إليها سرته، وإن أمرها أطاعته، وإن غاب عنها حفظته فهو معها في غاية الأماني والأمان، هذا ولم يطمثها قبله أنس ولا جان، كلما نظر إليها ملأت قلبه سرورًا، وكلما

حدثته ملأت أذنه لؤلؤًا منظومًا ومنثورًا، وإذا برزت ملأت القصر والغرفة نورًا، وإن سألت: عن السن، فأتراب في أعدل سن الشباب، وإن سألت: عن الحسن، فهل رأيت الشمس والقمر، وإن سألت: عن الحدق (سواد العيون) فأحسن سواد، في أصفى بياض، في أحسن حور (أي: شدة بياض العين مع قوة سوادها)، وإن سألت: عن القدود، فهل رأيت أحسن الأغصان؟ وإن سألت: عن النهود، فهن الكواعب، نهودهن كألطف الرمان. وإن سألت: عن اللون، فكأنه الياقوت والمرجان، وإن سألت: عن حسن الخلق، فهن الخيرات الحسان، اللاتي جمع لهن بين الحسن والإحسان، فأعطين جمال الباطن والظاهر، فهن أفراح النفوس وقرة النواظر، وإن سألت: عن حسن العشرة، ولذة ما هنالك: فهن العروب المتحببات إلى الأزواج، بلطافة التبعل، التي تمتزج بالزوج أي امتزاج، فما ظنك بامرأة إذا ضحكت بوجه زوجها أضاءت الجنة من ضحكها، وإذا انتقلت من قصر إلى قصر قلت هذه الشمس متنقل في بروج فلكها، وإذا حاضرت زوجها فيا أحسن تلك المحاضرة! وإن خاصرته فيا لذة تلك المعانقة والمخاصرة.

وإن غنت فيا لذة الأبصار والأسماع، وإن آنست وأنفعت فيا حبذا تلك المؤانسة والإمتاع، وإن قبلت فلا شيء أشهى إليه من ذلك التقبيل، وإن نولت فلا ألذ ولا أطيب من ذلك التنويل هذا، وإن سألت: عن يوم المزيد، وزيارة العزيز الحميد، ورؤية وجهه المنزه عن التمثيل والتشبيه، كما ترى الشمس في الظهيرة والقمر ليلة البدر، كما تواتر النقل فيه عن الصادق المصدوق، وذلك موجود في الصحاح، والسنن المسانيد، ومن رواية جرير، وصهيب، وأنس، وأبي هريرة، وأبي موسى، وأبي سعيد، فاستمع يوم ينادي المنادي: يا أهل الجنة إن ربكم تبارك وتعالى يستزيركم فحيى على زيارته، فيقولون سمعًا وطاعة، وينهضون إلى الزيارة مبادرين، فإذا بالنجائب قد أعدت لهم، فيستوون على ظهورها مسرعين،

حتى إذا انتهوا إلى الوادي الأفيح الذي جعل لهم موعدا، وجمعوا هناك، فلم يغادر الداعي منهم أحداً، أمر الرب سبحانه وتعالى بكرسيه فنصب هناك، ثم نصبت لهم منابر من نور، ومنابر من لؤلؤ، ومنابر من زبرجد، ومنابر من ذهب، ومنابر من فضة، وجلس أدناهم – وحاشاهم أن يكون بينهم دنيء – على كثبان المسك، ما يرون أصحاب الكراسي فوقهم العطايا، حتى إذا استقرت بهم مجالسهم، واطمأنت بهم أماكنهم، نادى المنادي: يا أهل الجنة سلام عليكم، فلا ترد هذه التحية بأحسن من قولهم: اللهم أنت السلام، ومنك السلام، تباركت يا ذا الجلال والإكرام، فيتجلى لهم الرب تبارك وتعالى يضحك إليهم ويقول: يا أهل الجنة فيكون أول ما يسمعون من تعالى: أين عبادي الذين أطاعوني بالغيب ولم يروني؟ فهذا يوم المزيد. فيجتمعون على كلمة واحدة: أن قد رضينا، فارض عنا، فيقول: يا أهل الجنة إني لو لم أرض عنكم لم أسكنكم جنتي، هذا يوم المزيد، فسلوني فيجتمعون على كلمة واحدة: أرنا وجهك ننظر إليه. فيكشف الرب جل جلاله الحجب، ويتجلى لهم فيغشاهم من نوره ما لولا أن الله سبحانه وتعالى قضى ألا يحترقوا لاحترقوا، ولا يبقى في ذلك المجلس أحد إلا حاضره ربه تعالى محاضرة، حتى إنه يقول: يا فلان، أتذكر يوم فعلت كذا وكذا، يذكره ببعض غدراته في الدنيا، فيقول: يا رب ألم تغفر لي؟ فيقول: بلى بمغفرتي بلغت منزلتك هذه، فيا لذة الأسماع بتلك المحاضرة! ويا قرة عيون الأبرار بالنظر إلى وجهه الكريم في الدار الآخرة! ويا ذلة الراجعين بالصفقة الخاسرة!." {وُجُوهٌ يَوْمَئِذٍ نَّاضِرَةٌ * إِلَى رَبِّهَا نَاظِرَةٌ * وَوُجُوهٌ يَوْمَئِذٍ بَاسِرَةٌ * تَظُنُّ أَن يُفْعَلَ بِهَا فَاقِرَةٌ . القيامة:22- 25.

ولا يسعني إلا أن أتحدث عن قصة قرأتها ذات مرة وقد أثرت بي جدًا:

روى ابن المبارك في كتابه الجهاد (ص:144) عن السَّريِّ بن يحيى، عن ثابتٍ البُناني: أن فتًى غَزا زمانًا وتعرض للشهادة فلم يُصبها؛ فحدَّث نفسه، فقال: والله ما أراني إلا لو قفَلتُ إلى أهلي فتزوجت.

قال: ثم قال في الفسطاط، ثم أيقظه أصحابه لصلاة الظهر، قال: فبكى حتى خاف أصحابُه أن يكون قد أصابه شيء، فلما رأى ذلك قال: إني ليس بي بأس، ولكنه أتاني آتٍ وأنا في المنام، فقال: انطلِق إلى زوجتك العَيناء.

قال: فقمتُ معه، فانطلق بي في أرض بيضاءَ نقية، فأتينا على رَوضة ما رأيتُ روضة قطُّ أحسنَ منها، فإذا فيها عشرُ جَوارٍ ما رأيت مثلهن قط ولا أحسنَ منهم، فرجوتُ أن تكون إحداهن، فقلتُ: أفيكنَّ العيناء؟ قلن: هي بين أيدينا، ونحن جواريها.

قال: فمضيت مع صاحبي، فإذا روضة أخرى يضعف حسنُها على حسن التي تركتُ، فيها عِشرون جارية يُضاعف حسنهن على حسن الجواري اللاتي خلَّفت، فرجوتُ أن تكون إحداهن، فقلت: أفيكن العيناء؟ قلنَ: هي بين أيدينا، ونحن جواريها حتى ذكر ثلاثين جارية.

قال: ثم انتهيتُ إلى قبة من ياقوتةٍ حمراءَ مجوفة، قد أضاء لها ما حولها، فقال لي صاحبي: ادخل، فدخلتُ فإذا امرأةٌ ليس للقبة معَها ضوء، فجلستُ فتحدثت ساعة، فجعلَت تحدثني، فقال صاحبي: اخرج انطلق، قال: ولا أستطيع أن أعصيَه، قال: فقمتُ فأخذت بطَرَف ردائي، فقالَت: أفطِر عندَنا الليلة، فلما أيقظُموني رأيتُ أنَّما هو حلم، فبكيت.

فلم يلبَثوا أن نودي في الخيل، قال: فركب الناس، فما زالوا يتَطاردون حتى إذا غابت الشمس وحلَّ للصائم الإفطار أصيبَ تلك

الساعة، وكان صائمًا وظننتُ أنه من الأنصار، وظننت أنَّ ثابتًا كان يَعلم نسَبَه"

العيناء هي واسعة العينين شديدة الحسن.

***

اللهم اكرمنا بالجنة واجعلها المقام الاخير لنا.

الصبر

العبودية لله في ثلاث:

*تنفيذ الأوامر.

*ترك النواهي.

*الرضا بما قسمه الله وقدره.

تنفيذ الأوامر

_ أوامر ربانية:

هي عبادة الله وحده ولا نشرك به شيئاً، وقد جاء في كتابه نداء من الله للناس أجمعين:

{يَا أَيُّهَا النَّاسُ اعْبُدُوا رَبَّكُمُ الَّذِي خَلَقَكُمْ وَالَّذِينَ مِن قَبْلِكُمْ لَعَلَّكُمْ تَتَّقُونَ} المؤمنون.

وأمر الله الأعظم هو العبادة، أي عبادة الله وحده لا شريك له، وأنواع العبادة التي أمر الله بها مثل: الإسلام، والإيمان، والإحسان، والدعاء، والخوف، والرجاء، والتوكل، والرغبة، والرهبة، والخشوع، والخشية، والإنابة، والاستعانة، والاستعاذة، والاستغاثة، والذبح، والنذر، وغير ذلك... وهي كثيرة؛ لأن كل ما يحبه الله، ويرضاه من الأقوال والأعمال الظاهرة، والباطنة عبادة،

والدليل قوله تعالى: «ومن يدع مع الله إلهًا آخر لا برهان له به، فإنما حسابه عند ربه إنه لا يفلح الكافرون»

فمن دعا غير الله-تعالى- من الأموات والغائبين، أو رجاهم أو خافهم، أو سألهم قضاء الحاجات وتفريج الكربات، أو غير ذلك،

فهو مشرك الشرك الأكبر؛ لأنه أشرك مع الله غيره، وكافر؛ لأنه جحد حقًّا لله ـ تعالى ـ فصرفه لغيره.

أهم أنواع العبادات

وأهم أنواع العبادة ما ورد في حديث: النعمان بن بشير ـ رضي الله عنهما ـ أن النبي ـ صلى الله عليه وسلم ـ قال: الدعاء هو العبادة، فدل على أن الدعاء أهم أنواع العبادات، والدعاء في القرآن الكريم يتناول معنيين الأول: دعاء العبادة: وهو دعاء الله امتثالًا لأمره، فإنه سبحانه أمر عباده بالدعاء، فمتى دعوت الله سبحانه وتعالى ممتثلًا لأمره؛ فإن دعاءك عبادة، قال تعالى: «ادعوني استجب لكم» فإذا دعوته امتثلت أمره، وإذا امتثلت أمره تكون عبدته.

والثاني: دعاء المسألة وهو دعاؤه سبحانه وتعالى بجلب المنفعة ودفع المضرة.

ومن قال بالقرآن صدق، ومن عمل به أجر، ومن دعا إليه هُدي إلى صراط مستقيم، فيه تقويم للسلوك، وتنظيم للحياة، من استمسك به فقد استمسك بالعروة الوثقى لا انفصام لها، ومن أعرض عنه، وطلب الهدى في غيره؛ فقد ضل ضلالاً بعيداً.

قال الله تعالى: اللَّهُ نَزَّلَ أَحْسَنَ الْحَدِيثِ كِتَابًا مُتَشَابِهًا مَثَانِيَ تَقْشَعِرُّ مِنْهُ جُلُودُ الَّذِينَ يَخْشَوْنَ رَبَّهُمْ ثُمَّ تَلِينُ جُلُودُهُمْ وَقُلُوبُهُمْ إِلَىٰ ذِكْرِ اللَّهِ ۚ ذَٰلِكَ هُدَى اللَّهِ يَهْدِي بِهِ مَن يَشَاءُ ۚ وَمَن يُضْلِلِ اللَّهُ فَمَا لَهُ مِنْ هَادٍ (23) الزمر

اعلم يا أخي المؤمن أن في القرآن ارتقاء للروح وشفاء للجسد، فهو الصاحب والحبيب والقريب، فإذا ما قرأته ترتاح روحك، ويهدأ بالك ويشفى قلبك من الآثام والآلام، وإذا ما تدبرته صلحت دنياك وآخرتك، وسلكت طريقًا مزهرًا في نهاياته النور من دَجن الحياة.

فمن منا لم ينم يوما وهو غريق الدموع من الهموم؟ من منا لم تكبله الحياة وتغرز شوكها في أحشائه؟ فأين المفر من ذلك؟ من منا لم يذق طعم المحن المُرة كالعلقم؟ من منا لم يُخذل من أقرب الناس إليه؟ من حبيب أو قريب أو صديق؟ من ذا الذي لم يجد راحة في دنياه، وتكالبت عليه الأحزان من كل صوب وحدب؟ اجمع شتاتك يا أخي، وهرول سريعًا لطوق النجاة، تهجد وقم الليل، واقرأ القرآن بصوتك، ودع أذنيك تسمع كلماته طرباً؛ فهي المنقذ، وهي النور وهي الحياة.

فالحياة من دون قرآن مظلمة لا روح فيها، ولن تستطيع أن تُسعد، وتدرك النور إلا بين آياته العظام، فافخر بنفسك؛ لأنك اخترت أفضل جليسًا يكون مصاحبًا لك في السفر والحضر، في النهار والليل، في الفرح والكدر، وفي كل لحظات العمر.

_ أوامر شرعية:

وأوامر الله الشرعية نوعان:

الأول: أوامر محبوبة للنفس، كالأمر بالأكل من الطيبات، والنكاح، وصيد البر والبحر ونحو ذلك.

الثاني: أوامر مكروهة للنفس الأمارة بالسوء، وهي نوعان: أوامر خفيفة: كالأدعية والأذكار، والصلوات وتلاوة القرآن، والسنن والآداب ونحوها.

والثالث: أوامر ثقيلة على النفس، وهي كالحج لمن استطاع والزكاة والرضا بقضاء الله.

وفي كل الأوامر فيجب على العبد أن يلتزم بها على أكمل وجه، وتكون خالصة لله تعالى.

***

_*ترك النواهي:

وهنا معنى النهي يدل بالزجر عن الفعل، فعندما ذكر الله النواهي في القرآن بأن يبتعد عنها المؤمن كانت بالزجر.

الصبر نعمة لا يهبها الله إلا لمن يشاء من عباده، وهي عبادة يتخذ عليها العبد أجرًا كبيرًا في الدنيا والآخرة، ففي كتابه الكريم قال الله: يوم يوفى الصابرون أجرهم بغير حساب"

وأيضًا في آية أخرى قال الله تعالى: {وَلَنَبْلُوَنَّكُمْ بِشَيْءٍ مِنَ الْخَوْفِ وَالْجُوعِ وَنَقْصٍ مِنَ الْأَمْوَالِ وَالْأَنْفُسِ وَالثَّمَرَاتِ وَبَشِّرِ الصَّابِرِينَ [155] الَّذِينَ إِذَا أَصَابَتْهُمْ مُصِيبَةٌ قَالُوا إِنَّا لِلَّهِ وَإِنَّا إِلَيْهِ رَاجِعُونَ [156] أُولَئِكَ عَلَيْهِمْ صَلَوَاتٌ مِنْ رَبِّهِمْ وَرَحْمَةٌ وَأُولَئِكَ هُمُ الْمُهْتَدُونَ [157][} البقرة.

من حكمة الله تعالى أن ابتلانا في دنيانا، فالله عزوجل حكيم عليم، ابتلى عباده؛ لكي يصلح حالهم ويسعدهم في الآخرة، ومن امتلك نعمة الرضا والتسليم لقضائه؛ صلح حاله وسُعد في الدنيا أيضًا، فينام قرير العين، مرتاح البال، وهو مسلم أموره لرب لا ينام، ولإله عفو كريم رزاق.

ابتلى عباده بالشهوات، وأنزل معهم الأوامر؛ لكي يعلّم من يمتثل بأوامره، ومن يتبع شهواته وهوى نفسه، وابتلاهم بالنعم؛ ليعلم الشاكر من الجاحد والكافر، فينظر أيهما استعان بنعمه على طاعته، ومن استعان بها على معصية ربه، وأكبر الابتلاءات تكون في المصائب؛ ليعلم من هو العبد الصابر، ومن هو الجازع اليائس لرحمة الله، ومن يتوجه لله ويدعوه، ومن يجري وراء غير الله في شدائده.

وأيضًا كانت ابتلاءات الله في الحلال والحرام؛ لينظر من يرتكب الذنوب والآثام ولا يبالي، ومن يخف من الله بالغيب، ويقف عند حدوده ويبتعد عن محرماته.

"واصبر وما صبرك الا لله فاحتسب الأمر فأجر صبرك كبير"

مواساة ربانية:

كلام الله جبر لقلوبنا؛ فتيقنوا.

﴿سَيَجْعَلُ اللَّهُ بَعدَ عُسرٍ يُسرًا﴾

(وَاصْبِرْ لِحُكْمِ رَبِّكَ فَإِنَّكَ بِأَعْيُنِنَا وَسَبِّحْ بِحَمْدِ رَبِّكَ حِينَ تَقُومُ وَمِنَ اللَّيْلِ فَسَبِّحْهُ وَإِدْبَارَ النُّجُومِ) الطور

قد يسوق الله إليكَ قدرًا مؤلمًا؛ فتأتيك النوائب على جيوشها هادمة؛ فتبكي لساعات طوال، والدموع تهطل خجلة؛ ولكن يأتيك بعدها الفرج كأمطار أتت بعد سنين عجاف لئلا تبكي بعدها دهرًا..

قد يقطع أسبابك جميعها فتظنه يُعَجِّزُك ؛ وهو الذي لا يعجزه شيئًا في الأرض ولا في السماء، وهو القادر على أن يقول للشيء كن فيكون، فيرفعك درجة المُضطر؛ فيُجيب حينها دعاءك ويُلبي حاجتك.

من منا لم يبتلى في حياته؟

من منا لم تُسلب منه نعمة قد وهبها الله له؟ من منا لم يمر بامتحان شديد هز أرجاء سكينته فأرداه مهمومًا مكدرًا ومكلومًا؟

ولكن فلتعلم يا أخي المؤمن، أن من رضي بقضاء الله أرضاه الله، إن لم يكن في الدنيا بما يتمناه، فسيكون بالآخرة برحمة وفضل من الله.

.عن مصعب بن سعد عن أبيه ـرضي الله ـ عنه قال: قلت: يا رسول الله أي الناس أشد بلاء؟ "قال الأنبياء ثم الأمثل فالأمثل، يبتلى الرجل على حسب دينه فإن كان دينه صلبا اشتد بلاؤه، وإن كان في دينه رقة ابتلاه الله على حسب دينه، فما يبرح البلاء بالعبد حتى يمشي على الأرض وما عليه خطيئة"

بدأ البلاء بالأنبياء؛

لأنهم يتلذذون بالبلاء كما يتلذذ غيرهم بالنعماء، وقد أكرم الله من يبتليهم بأن يغفر لهم ذنوبهم، وقد جعل منازلهم بعد منزلة الأنبياء.

ها هو نبي الله نوح اشتد البلاء عليه من قومه: كذبوه وأهانوه وشدوا حصارهم عليه، صبر عليهم، واحتسب أمره عند الله؛ فهيأ الله له مياه الأرض؛ لتغرق أهلها بما فعلوه، وقد كان لهم من المنذرين.

وها هو نبي الله يونس، كان في ظلمات ثلاث: في باطن الليل، وباطن البحر، وبطن الحوت، كان يسمع أنينه وتسبيحه الملائكة؛ حيث قال:" لا إله إلا أنت سبحانك إني كنت من الظالمين"، لم يطلب أن ينقذه الله أو أن يخرجه من ظلمات هو فيها؛ بل كان يسبح الله ويوحده، ويستغفر لذنبه في بضع كلمات، فنجاه الله من الغم والكرب والألم.

وها هو نبي الله أيوب إذ يضرب به المثل بصبره. روايات تقول: أن أيوب كان يملك من المال والأراضي والأولاد الكثير، وكان يشكر الله على نعمه كثيرًا، ويساعد المساكين، ويعطف على الفقراء، وكان ذو خلق حسن، ويسبح الله كثيرًا؛ حتى صارت الملائكة تدعو له في السماء، فسمع الشيطان دعاءها؛ فاكتوى غيظًا، فحدَّث الله أن أيوب يسبحك كثيرًا على نعمك التي أعطيتها له، ولو ذهبت عنه سيكون جازعًا، فقال له الله أن أيوب عبد طائع

أوّاب على النعم والابتلاء، فأباح للشيطان أن يذهب ماله بإذن من الله، فأسرع الشيطان وأذهب ماله، ولكن أيوب بات ساجدًا حامدًا، وشاكرًا لنعمه الباقية التي لم تزل، فجاء إبليس ودعا الله وقال: يا رب إن له أولادًا يجلبون له المال الذي ذهب، فسلطني على أولاده، فقال له الله اذهب، فسُلّط على أولاده فماتوا في يوم واحد، فقال له الناس ذهب أولادك، فقال لهم إن لي نعمًا لا تعد ولا تحصى، فشكر الله وحمده، فذهب إبليس وكلم الله وقال: إن لأيوب جسدًا وصحة تجلب له أولادًا غيرهم، فسلطني على جسده، فقال الله له اذهب، ولكن ليس لك في لسانه الذي يذكر الله شيء تمسه، ولا قلبه العابد لله أن تضره.

فأصيب بأمراض كثيرة وقيل أن بات على مرضه اثنى عشر عامًا، وقيل أيضًا: ثمانية عشر عامًا حتى بات طريح الفراش وزوجته التي ترعاه... ولكنه بقى يرفع يداه لله ويحمده ويشكره، فجاءه إبليس على هيئة رجل، فقال له: لو أن لك مكانة عند الله لما جعلك هكذا ولما ابتلاك هكذا، فهنا رفع يده للسماء ودعا الله:

"ربي إني قد مسَّني الضر وأنتَ أرحمُ الراحمين" وما يميز هذه الآية أنها خبرية، ولم يطلب بها من ربه أن يزول البلاء، ولكن طلب الرحمة خجلًا من الله... فقالت له زوجته ادع الله أن ينجيك مما ابتلاك، فقال ألا أستحي منه وهو الذي أنعم عليَّ ثمانين عامًا من المال والصحة، وكثرة الأولاد، فما عليَّ إلا أن أصبر مثلهم على البلاء والمحن.

لم يدعُ أن يتعافى ولا أن يرزقه الله المال والولد والصحة؛ بل دعاه بأن يذهب ما به من ضر وهو أرحم الراحمين،

فاستجاب له الله وعافاه، وأعاده كمن كان سابقًا، ورزق أهله أيضًا، أي رزقه الله بصحة زوجته، الصابرة عليه بمرضه، أن جلبت له الأولاد مجددًا، وعاد لسيرته الأولى.

انتظار

كم أوجعنا الانتظار والغياب، والانفصال والوحدة والانكسار، كم تهنا وابتعدنا، وغرقنا واستغرقنا في ملذات أغشت على قلوبنا، وبتنا أجسادًا تُلاحق الظلال والظلام، ودون أن ترُف لنا عين لما نحن به، فحينما نعجز نُذل، وحينما نفرح نفتخر، وحينما ننكسر نظلم، وحينما نفتقر نسرق، وحينما تعجز الأيدي؛ يعمل اللسان، وحينما يتوقف اللسان؛ يتكلم القلب بما لا يحب أن يراه بعبده، الذي خلقه فسواه فعدله، ولم يكن الرحيم أن يرى صورة الإنسان الذي سخر له الكون كله؛ ليحسن في عبادته أن يراه بأسواء صورة تشبه إبليس في طغواه... ﴿قَالَ رَبِّ بِمَآ أَغْوَيْتَنِى لَأُزَيِّنَنَّ لَهُمْ فِي ٱلْأَرْضِ وَلَأُغْوِيَنَّهُمْ أَجْمَعِينَ﴾ [سورة الحجر آية:﴿٣٩﴾] وتزيينه هنا يكون بوجهين: إما بفعل المعاصي، وإما بشغلهم بزينة الدنيا عن فعل الطاعة.

القرطبي:212/12..

نعم، إننا مشغولون حقًّا في ملاحقة الدنيا التي تجري منا، ولا يسعفنا التقاط ذراتها حتى، منشغلين في المعاصي وكم كثرت واستفاضت، وكثُر أنيننا معها ونحن لا ندري، تعجز عقولنا عن أن ترى أن بين طرفة عين وأخرى سنكون رمادًا، تتناثره الرياح؛ لنعود لسيرتنا الأولى، بضع حفنات من تراب؛ وإن خلنا أننا من الأذكياء؛ إلا أن ذكائنا ما كان إلا سلاحاً ذو حدين، يُطلق في رقابنا؛ فيردينا قتلى دون رحمة منا لأنفسنا، ولجهدنا الذي يضيع كالسراب.

لم ينتهي الوقت وما زال هناك القليل منه؛ لينقذنا من هاوية الدنيا وجحيم الآخرة، ما كان في الأمس قد ولى، وأما للغد فبيد مالك الملك وتقديره، وما لنا الآن هو الآن، هو وليد اللحظة وأجزاء من الثانية، ولو أكرمنا الكريم فستكون دقائق وربما ساعات وليال

طوال؛ فهنيئًا لمن اغتنم الفرصة وغير الطريق، وسلك مسالك الصالحين، واقتبس من نور النور سروراً، ومحبة واحتماء وأمان.

***

أحدنا بات مهمومًا من الظلم الذي حِيك له، وهو لا يدري أن الله يراه ويسمعه وسينقذه مهما طالت فترة الانتظار، سيرشده لطريق الحق وإظهار ما كيد له، سيحميه وسينجده، فقط عندما يقول من أعماقه متيقنً يا رب.

يُحكى أن كان هناك رجل جبار ظالم، يساعد الظالمين علي ظلمهم للناس، وكان هو أشدهم ظلمًا، وفي يوم من الايام بينما هو يسير وحيدًا علي شاطئ بحيرة، رأى صيادًا رزقه الله-عز وجل- بصيد سمكة كبيرة ، رأى الظالم هذه السمكة وأعجب بها كثيرًا، وقرر أن يأخذها من هذا الصياد، اتجه الرجل الي الصياد وقال له بأسلوب عنيف: أعطني هذه السمكة يا رجل، فأنت ليس من حقك أن تصطاد سمكًا من هذه البحيرة، فقال له الصياد المسكين: ولكن هذا قوت أبنائي الصغار، وليس لديَّ شيء آخر أقدمه لهم سوى هذه السمكة، فضربه الظالم ضربة قوية، وأخذ منه السمكة بالقوة وألقاه في البحيرة ومضى في طريقه.

وبينما هو عائد إلى منزله فتحت السمكة بقدرة الله-عز وجل- فمها وعضت يده عضة قوية جدًا، وعندما وصل الرجل إلى المنزل ألقى بها من يده، فضربت إبهامه، وتسببت له في جرح خطير، وألم شديد جدًا، حتى أنه لم يتمكن من النوم ليلتها من شدة الألم، وعندما جاء الصباح ذهب الرجل علي الفور إلي الطبيب يشكو إليه ما حدث، فأخبره الطبيب أن هذه بداية الآكلة، وأنه لابد من قطع إبهامه علي الفور؛ حتى لا ينتشر في باقي ذراعه، ويضطر إلى قطعه بالكامل بعد ذلك .

عاد الرجل الظالم إلى منزله حزينًا، لا يدري ماذا يفعل؟ ولكنه قرر أن يستمع إلى نصيحة الطبيب ويقطع يده، ولكن الطبيب قد أخبره هذه المرة أن من الأفضل أن يقطع اليد إلى أعلي الكتف دفعةً واحدة؛ حتى يضمنوا أن الألم لن يعود من جديد، وهكذا قبل الرجل وتم قطع يده إلى الكتف، وحينما كان الناس يسألونه عما حدث، كان الرجل يجيب وهو يبكي: إنه صاحب السمكة! وذات يوم حكى هذا الرجل قصته لأحد الشيوخ، فأخبره أن يبحث عن هذا الرجل ويطلب منه المسامحة قائلًا: والله لو أنك تحللت منه قبل ذلك لما قطعت يدك، وبالفعل خرج الرجل باحثًا عن صاحب السمكة في كل مكان حتى وجده، فانكب على قدميه يقبلها وهو يبكي بحرقة ويطلب منه السماح والعفو، تعجب الصياد كثيرًا من الأمر وسأله من أنت؟ فأخبره الرجل أنه من أخذ سمكته منذ وقت بعيد وقص له الحكاية، فبكى الصياد لما وقع للظالم من بلاء، وقال له أنه قد سامحه، فقال له الظالم: أستحلفك بالله أن تخبرني ماذا قلت عندما أخذت منك السمكة بالقوة في ذلك اليوم؟ فقال الصياد: قلت فيك وقتها: يا رب إن هذا الظالم ظلمني وأخذ مني رزقي ورزق أولادي، وتغلب عليَّ بقوته؛ فأرني يا رب عجائب قوتك فيه.

إنها دعوة المظلوم يا سيدي القارئ، فوالله ليس بينها وبين الله حجاب، فإياكم والظلم فهو ظلمات يوم القيامة.

وأما المظلوم فهنيئًا له فمهما طال انتظاره، سيرى جبر الله ونصره على من ظلمه إن كان في الدنيا أو الآخرة.

الذنوب

تربكنا الذنوب وإن قلّت، وتخيفنا إن تكاثرت، ففي الفطرة خُلقنا بلا ذنوب ولا معاصي؛ نحاول جاهدين أن نخفيها، وفي أحيانٍ كثيرة أن نتجاهلها؛ لربما إيمانًا منا أن الله قادر على مغفرتها والعفو عنا، ففي داخل كل منا طفل صغير شقي أحيانًا، ولكن يرجو من والديه أن يغفر أخطائه رحمة منهم عليه، ولله المثل الأعلى، ولكنه الله الرحيم، الغفار، القادر على أن يقول للشيء كن فيكون، فهو وإن عبدناه حق عبادته؛ فسيتولانا برحمته ولو كنا في سعير من الابتلاءات والهموم الدنيوية؛ فيكفي أن نقول يا رب حتى يقول الله: لبيك عبدي حتى وإن كانت ذنوبنا مثل زبد البحر فلن يتركنا الله؛ بل سيقوي دواخلنا ويحمينا ويرضينا ويكرمنا... لأنه الله، فلا خوف ولا حزن ولا انهيار ولا آلام.

لا يوجد شخص في هذه الحياة معصوم عن ارتكاب الخطأ إلا أنّ الذنوب درجات، وليس العيب في ارتكاب الذنب؛ إنما في التمادي به وعدم الرجوع عنه؛ لذا يجب التكفير عن الذنوب والتوبة بعدم الرجوع إليها، والاستعانة بالدعاء فهو أفضل السبل لتكفير الذنوب.

وقد أكرمنا الله أن جعل بين أيدينا مكفرات للذنوب والخطايا ما علمنا منها وما لم نعلم، وما كانت بقصد منا وعمد أو جاهلين لها غير مدركين لخطورتها، فجعل للمؤمن طريق للرجوع إليه مغفور الخطايا؛ حيث قال رسول الله ــصلى الله عليه وسلمــ ((من قال حين يصبح وحين يمسي، سبحان الله وبحمده مائة مرة، غفرت خطاياه وإن كانت مثل زبد البحر).

فيما ورد عَنْ رَسُولِ اللهِ صَلَّى اللَّهُ عليه وسلَّمَ مَن سَبَّحَ اللَّهَ في دُبُرِ كُلِّ صَلاةٍ ثَلاثًا وثَلاثِينَ، وحَمِدَ اللَّهَ ثَلاثًا وثَلاثِينَ، وكَبَّرَ اللَّهَ ثَلاثًا

وَثَلاثِينَ، فَتِلْكَ تِسْعَةٌ وتِسْعُونَ، وقالَ: تَمامَ المِئةِ: لا إِلَهَ إِلَّا اللَّهُ وحْدَهُ لا شَرِيكَ له، له المُلْكُ وله الحَمْدُ وهو على كُلِّ شيءٍ قَدِيرٌ غُفِرَتْ خَطاياهُ وإنْ كانَتْ مِثْلَ زَبَدِ البَحْرِ.

اعتذار

أعتذر إليك يا الله عند كل لحظة كنتُ قد قسيتُ بها على نفسي، ولم أرضخ لحكمة قدرك وقضائك. أعتذر عن كل دمعة قد سكبتها على وجنتي حرقةً، وأنا أخال بأني على وشك النهاية، وما حسبته نهايتي السيئة ما كان إلا بداية عظيمة لي في طريقي الجديد، أعتذر عن ارتباكي وحيرتي في وجه الغد الآتي، وأنا باعتقادي من سيء إلى أسوء سأكون؛ في حين أن رحماتك بي قد أحاطتني وبددت ظلمتي، وأشعلت نورًا في قلبي لم أجد له مثيلًا في هذا الكون، أعتذر حينما حسبتُ روحي عقيمة من السعادة، ولكن عظمتك وملكك أكبر من أن تبقى عقيمة؛ فوهبتَ لها من روح الأمل، ما جعلها تنجب بعد سنوات عجافٍ مليئة بالبؤس والضياع والاستياء؛ ولكني يا الله خُلقتُ ضعيفة، ولم أقوى يوماً إلا بك ومنك وإليك، شتاتي قد جُمع برزقك؛ وما كان الرزق يوماً هو رزق المال؛ بل الرزق يكون على هيئة أكبر من أن تُرى بالعين، أو تُجسد لتطالها الأيدي؛ بل الرزق يكون في القلب حينما يملأه الله محبة لخلقه، ومحبة خلقه له، الرزق في الصحة وإن قلت، الرزق في العبادة وإن لم نستطع القيام بها على أوجهها؛ ولكن يكفينا أن نُكثِر منها ما استطعنا، الرزق يأتي على هيئة أشخاص سُخّروا ليكونوا سندًا آدمياً لنا؛ ولكن بالطبع السند الأول والأخير هو الخالق، ولكن أينما وجَدَنا الله بقربه؛ أوجد لنا جنوداً يمدوننا بما استطاعوا من القوة والأمان، ربما جنودًا لم تروها، وربما جنودًا كانت أنفسنا تعجز أن تفكر يومًا أن يكونوا معنا في أشد لحظاتنا حاجةً لهم؛ فلله الشكر والفضل والمنة.

أعتذر يا الله حينما فُقدتُ، ووجدتني بعدها قد فَقدتُ ما تبقى مني، دون أن أعير أي فكرة أنك موجود وما زلت موجودًا معي، وحينما

تخلى عني أناسًا؛ حسبت أن الكون قد زال برحيلهم، ولم أسمح لروحي أن تراجع ما بدر مني من عصيان،   نعم، وها أنا أعترف بأنني عصيتك حينما جعلت منهم بوصلة لطريقي، ونسيتُ أن خالق الأكوان هو الذي يحدد لنا المصير والمسير، ولو كنا تائهين بوسط صحراء قاحلة لا نور لقمرٍ ولا نجمات، فقط حينها أدركت أن الحب والثقة والإيمان فقط لله الواحد الجبار.

***

قال تعالى: ﴿قد سمعَ الله قولَ التي تُجادلُكَ في زوجِها وتشتكي إلى الله واللهُ يسمعُ تَحاوُرَكُما إنَّ الله سميعٌ بصير﴾ في آية واحدة؛ (سمع، يسمع، سميع) ولفظ الجلالة أربع مرات.. مهما كان حالُكَ وشكواك؛ اطمئنْ فالسميعُ يسمعُكَ..

***

أوراد الصالحين من سنة سيد المرسلين

يقول العارفون:

(من كثرت أذكاره كثرت أنواره، ومن كثرت أنواره، صفت أسراره،

ومن صفت أسراره كان في حضرة الله قراره)

***

(أفضل الناس من فاتته الدنيا ليحصل الآخرة، وأتعس الناس من حصل الدنيا وفاتته الآخرة).

***

(إياك أن تخرج من هذه الدار وما ذُقت حلاوة حبه؛ ليس حلاوة حبه في المآكل والمشارب؛ لأنه يشاركك فيها الكافر والدابة؛ بل شارك الملائكة في حلاوة الذكر، والجمع على الله تعالى؛ لأن الأرواح لا تحتمل خباثة النفوس؛ فإذا انغمست في جيفة الدنيا لا تصلح للمحاضرة؛ لأن حضرة الله تعالى لا يدخلها الملطخون بنجاسة المعصية.

فطهر قلبك من العيب يفتح لك باب الغيب، وتُب إلى الله وارجع إليه بالإنابة، والذكر، ومن أدام قرع الباب يُفتح له، ولولا الملاطفة ما قُلنا لك ذلك؛ لأنه كما قالت رابعة العدوية رضي الله عنها:

ومتى أُغلق هذا الباب حتى يُفتح)

ابن عطاء الله اسكندراني "كتاب تاج العروس الحاوي في تهذيب النفوس"

● فضل الصلاة على سيد المرسلين حبيب الله والمسلمين سيدنا محمد.

"اللهم صل وسلم على سيدنا محمد، وعلى آل سيدنا محمد، كما صليت على سيدنا إبراهيم، وعلى آل سيدنا إبراهيم، وبارك على سيدنا محمد، وعلى آل سيدنا محمد، وبارك على سيدنا إبراهيم، وعلى آل سيدنا إبراهيم إنك حميد مجيد".

جعل الله الصلاة على النبي أمرًا إلهيًا ورد ذكره في القرآن الكريم، فقد خاطب الله تعالى المؤمنين في كتابه الحكيم في أكثر من آية، وأكثر من موضع؛ ليحثّهم على الصلاة على النبي ـ صلى الله عليه وسلّم ـ فقال تعالى: "إِنَّ اللَّهَ وَمَلَائِكَتَهُ يُصَلُّونَ عَلَى النَّبِيِّ يَا أَيُّهَا الَّذِينَ آمَنُوا صَلُّوا عَلَيْهِ وَسَلِّمُوا تَسْلِيمًا"

وعن أبي بن كعب أنه قال للنبي ـ صلى الله عليه وسلم ـ : يا رسول الله إني أكثر الصلاة عليك، فكم أجعل لك من صلاتي؟ فقال: ما شئت، قال: قلت: الربع؟ قال: ما شئت، فإن زدت فهو خير لك، قلت: النصف؟ قال: ما شئت، فإن زدت فهو خير لك، قال: قلت: فالثلثان؟ قال: ما شئت، فإن زدت فهو خير لك، قلت: أجعل لك صلاتي كلها؟ قال: إذًا تكفي همك ويغفر لك ذنبك" رواه الترمذي.

ورد عن عبد الله بن عمرو بن العاص قوله: "من صلى على النبي ـ صلى الله عليه وسلم ـ واحدة صلى الله عليه وملائكته سبعين مرة" رواه أحمد بإسناد حسن.

فمن جعل أول وأفضل أذكاره الصلاة على النبي ـ صلى الله عليه وسلم ـ كان له من الأجر والثواب الكثير، وأن المصلي على رسول الله ـ صلى الله عليه وسلم ـ يرفع له بها عشر درجات، ويحط

41

(يمحى) عنه عشر خطيئات للحديث: "من صلى علي صلاة واحدة صلى الله عليه عشر صلوات ، وحط عنه عشر خطيئات، ورفعت له عشر درجات" حديث صحيح.

وتعد الصلاة على النبي من العبادات الفضيلة، ومن أكثر الأمور نفعا للمؤمن، ويحصل عليها بالأجر المضاعف، ويفرج كربه ويزول همه، ولا سيما في أفضل الأيام عند الله وهو يوم الجمعة.

● فضل حسبي الله لا إله إلا هو عليه توكلت وهو رب العرش العظيم.

عن أبي الدرداء رضي الله عنه قال: "من قال إذا أصبح وإذا أمسى: حسبي الله، لا إله إلا هو، عليه توكلت، وهو رب العرش العظيم سبع مرات، كفاه الله ما أهمه". حديث مرفوع

قوله: "حسبي الله"

أي: كفايتي من الله.

"لا إله إلا هو":

لا معبود بحق إلا هو سبحانه.

"عليه توكلت": أي

فوضت أمري إليه.

"وهو رب العرش العظيم":

وقد بين النبي عظمة عرش الله بقوله: «ما السماوات السبع في الكرسي إلا كحلقة ملقاة بأرض فلاة، وفضل العرش على الكرسي كفضل تلك الفلاة على تلك الحلقة».

● فضل لا حول ولا قوة إلا بالله

قال النووي رحمه الله: قوله- صلى الله عليه وسلم- : لا حول ولا قوة إلا بالله كنز من كنوز الجنة: قال العلماء: سبب ذلك أنها كلمة استسلام، وتفويض إلى الله تعالى، واعتراف بالإذعان له، وأنه صانع غيره، ولا راد لأمره، وأن العبد لا يملك شيئاً عن الأمر. والكنز هو الذخيرة العظيمة التي تنتظره في الجنة.

"لا حول ولا قوة إلا بالله" ليست كلمة أو عبارة تقال، وإنما لها معنى تحسه قلوب المؤمنين، وقد جاء في حديث ابن مسعود- رضى الله عنه- فيما أخرجه ابن النجار: "ألا أخبرك بتفسير لَا حَوْلَ وَلَا قُوَّةَ إِلَّا بِاللَّهِ"؟ قال نعم، قال: "لا حول عن معصية الله إلا بعصمة الله، ولا قوة على طاعة الله إلا بعون الله. هكذا أخبرني جبريل يا ابن أم عبد".

روى الإمام البخاري عن أبى موسى الأشعري- رضى الله عنه- قال: "كنا مع النبي- صلى الله عليه وسلم- في سفر، فكنا إذا علونا كبرنا، فقال النبي-صلى الله عليه وسلم- : "يَا أَيُّهَا النَّاسُ، ارْبَعُوا عَلَى أَنْفُسِكُمْ، فَإِنَّكُمْ لا تَدْعُونَ أَصَمَّ وَلا غَائِبًا، وَلَكِنْ تَدْعُونَ سَمِيعًا بَصِيرًا"، ثُمَّ أَتَى عَلَى، وَأَنَا أَقُول في نَفْسِى: لَا حَوْلَ وَلَا قُوَّةَ إِلَّا بِاللَّهِ، فَقَالَ: "يَا عَبْدَ اللَّهِ بْنَ قَيْسٍ. قُلْ: لَا حَوْلَ وَلَا قُوَّةَ إِلَّا بِاللَّهِ، فَإِنَّهَا كَنْزٌ مِنْ كُنُوزِ الْجَنَّةِ".

● فضل لا إله إلا الله، الله اكبر، لا إله إلا الله وحده لا إله إلا الله ولا شريك له، لا إله إلا الله له الملك وله الحمد، لا إله إلا الله ولا حول ولا قوة الا بالله.

عن أبي هريرة أن رسول الله -صلى الله عليه وسلم- قال: من قال لا إله إلا اللهُ، والله أكبرُ. لا إله إلا اللهُ وحده. لا إله إلا اللهُ، ولا شريك له. لا إله إلا اللهُ، له الملك، وله الحمدُ. لا إله إلا اللهُ، ولا حولَ ولا قوّةَ إلا باللهِ. يعقدُهنَّ خمسًا بأصابعِه، ثم قال: من قالهن

في يومٍ، أو في ليلةٍ، أو في شهرٍ، ثم مات في ذلك اليومِ، أو في تلك الليلةِ، أو في ذلك الشهرِ؛ غُفِرَ له ذنبُه

● فضل سبحان الله وبحمده سبحان الله العظيم، استغفر الله .

عَنِ ابْنِ عُمَرَ ـ رَحْمَةُ اللهِ عَلَيْهِمَا ـ قَالَ: حَضَرْتُ رَسُولَ اللهِ ـ صَلَّى اللهُ عَلَيْهِ وَسَلَّمَ ـ وَأَتَاهُ رَجُلٌ فَقَالَ: يَا رَسُولَ اللهِ، قَلَّتْ ذَاتُ يَدِي، فَقَالَ: «أَيْنَ أَنْتَ مِنْ صَلاةِ الْمَلائِكَةِ وَتَسْبِيحِ الْخَلائِقِ، وَبِهَا يُرْزَقُونَ» ، قَالَ ابْنُ عُمَرَ: قُلْتُ: يَا رَسُولَ اللهِ وَمَا تَسْبِيحُ الْخَلائِقِ وَصَلاةُ الْمَلائِكَةِ؟ قَالَ: «سُبْحَانَ اللهِ وَبِحَمْدِهِ سُبْحَانَ اللهِ الْعَظِيمِ، اسْتَغْفِرُ اللهَ مِائَةَ مَرَّةٍ مَا بَيْنَ طُلُوعِ الْفَجْرِ إِلَى أَنْ تُصَلِّيَ الصُّبْحَ تَأْتِيكَ الدُّنْيَا صَاغِرَةً رَاغِمَةً وَيَخْلُقُ اللهُ تَعَالَى مِنْهَا مِنْ كُلِّ كَلِمَةٍ مَلِكًا يُسَبِّحُ إِلَى يَوْمِ الْقِيَامَةِ لَكَ ثَوَابُهُ".

الخاتمة

إلهي وحبيبي يا من لم يخلق حجابًا بينه وبين دعوة المظلومين، ولا يخفى عليه شيءٌ ولا يرد... سلكتُ كل الطرق؛ لأحصل على غايتي فلم أجد... وكل الطرق تؤدي إليك وحدك وعليك المعتمد... ناجيتك جهرًا أمام الورى؛ لعل مناجاتي تدعو دموعهم؛ لتنهمر تضرعًا وخشية الواحد الأحد... ناجيتك سرًا بيني وبين نفسي أمام القمر، وفي السحر، وفي التهجد، وفي الفروض والسنن. يا من خلق كل شيء وبنعمه نشكرُ ونحمد... أنا عبدك يا الله، اقبلني بين أوليائك، ومن الشاكرين لنعمائك، والصابرين على ابتلاءاتك وأنت الفرد الصمد... يا الله كن عونًا لي ولا تحاسبني بتقصيري؛ بل بغفرانك ولا تحاسبني بعدلك؛ بل برحماتك. يا من خَلَقْتَ من العدم كل الوجود، ولم يكن لك صاحبة ولا ولد...

والحمدلله رب العالمين.

الفهرس